Angelina Purpurina

Angelina Purpurina

no circo

Fanny Joly

Ilustrado por
Ronan Badel

TRADUÇÃO
ANDRÉIA MANFRIN ALVES

COPYRIGHT © FANNY JOLY, 2010
CUCU LA PRALINE © GALLIMARD JEUNESSE, 2011

COPYRIGHT © FARO EDITORIAL, 2023

Todos os direitos reservados.
Nenhuma parte deste livro pode ser reproduzida sob quaisquer meios existentes sem autorização por escrito do editor.

Milkshakespeare é um selo da Faro Editorial.

Diretor editorial: **PEDRO ALMEIDA**
Coordenação editorial: **CARLA SACRATO**
Assistente editorial: **LETICIA CANEVER**
Preparação: **TUCA FARIA**
Adaptação de capa e diagramação: **SAAVEDRA EDIÇÕES**

Dados Internacionais de Catalogação na Publicação (CIP)
Jéssica de Oliveira Molinari CRB-8/9852

Joly, Fanny
    Angelina Purpurina : no circo / Fanny Joly ; tradução de Andréia Manfrin Alves ; ilustrações de Ronan Badel. — São Paulo: Milkshakespeare, 2023.
    96 p. : il.

    ISBN 978-65-5957-363-9
    Título original: Cucu la praline fait son cirque

    1. Literatura infantojuvenil francesa I. Título II. Alves, Andréia Manfrin III. Badel, Ronan

23-1706   CDD 028.5

Índice para catálogo sistemático:
1. Literatura infantojuvenil francesa

1ª edição brasileira: 2023
Direitos de edição em língua portuguesa, para o Brasil, adquiridos por **FARO EDITORIAL**

Avenida Andrômeda, 885 — Sala 310
Alphaville — Barueri — SP — Brasil
CEP: 06473-000
WWW.FAROEDITORIAL.COM.BR

SUMÁRIO

1. Os Reis da Estrada

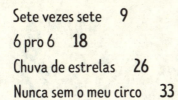

Sete vezes sete   9
6 pro 6   18
Chuva de estrelas   26
Nunca sem o meu circo   33

2. Bolinhas cor-de-rosa

Triiiim!   39
Chocolate quente   47
Tem alguém aí?   53
Espelho cruel   59

3. Bola miserável

Bulbos encantados   67
Meia-noite em ponto   74
A verdadeira bruxaria   79
Que quarta-feira!   86

Sobre a autora e o ilustrador   94

Observe todos com atenção, eles estão nestas histórias...

Vitor, o irmão mais velho.

Angelina Purpurina, conhecida como Pirralha.

José-Máximo, o irmão do meio, também chamado de Zé-Max, JM ou Mad Max.

Pedro Quindim, a paixonite.

A trupe do circo
Os Reis da Estrada.

A senhorita
Ran Zinza.

1. Os Reis da Estrada

Sete vezes sete

Que domingo chato... E a minha vida, então? Um aborrecimento depois do outro...

E quase todos vinham dos meus irmãos, é lógico. Eles são dois, são maiores que eu e mais chatos do que tudo. Seus nomes são Vitor (onze anos) e José-Máximo (nove anos). Eu me chamo Angelina, tenho oito anos, e o nosso sobrenome é Purpurina.

Se vocês ainda não sabiam, agora sabem! Estão me achando resmungona? Pois eu sou mesmo.

Quando me lembro daquele domingo, vejo mil motivos pra isso...

Logo cedo, o Vi e o JM (iniciais do nome do José-Máximo) não paravam de me irritar. Eles tinham uma ideia nova a cada segundo. Eram tantas, tantas ideias que já esqueci metade das que eles inventaram pra me atormentar. Não posso me lembrar de tudo.

E também nem quero lembrar.

Tem coisas mais interessantes na vida.

Só que naquele dia, por azar, não havia muitas coisas interessantes acontecendo em casa. Na verdade, não tinha era nada. Vocês mesmos podem julgar:

* O papai mexia na papelada dele. Isso significa que estava plantado à mesa da sala com o computador e os papéis espalhados, e assim que um de nós se aproximava, ele resmungava como se a gente fosse... deixa ver... um carneirinho, e ele... digamos... um urso pronto pra nos devorar.

* A minha mãe resolveu cozinhar pra semana toda. Ela faz isso de vez em quando. Acende todas as bocas do fogão e o forno, liga o rádio no último volume, transpira igual a um

bombeiro apagando um incêndio na floresta, e quando tentamos falar com ela, a mamãe responde que não é o melhor momento.

★ Quanto a mim, a CATÁSTROFE: eu tinha que estudar a tabuada de multiplicação até a do sete! E PRA VALER, já que os meus pais tinham olhado a minha agenda e visto que a professora mandara a gente escrever em letra maiúscula, com caneta vermelha, bem no meio da folha:

ESTUDAR IMPECAVELMENTE
AS TABUADAS DE MULTIPLICAÇO
INCLUINDO A TABUADA DO SETE.
PROVA SURPRESA.

"Impecavelmente", "incluindo" e "prova surpresa" sublinhados.

A tabuada do sete é a pior pra mim (mas é bom dizer que ainda não aprendemos a do oito e a do nove). Na verdade, tem coisa pior: a Eloá Filigrana, a peste da minha sala, saracoteando enquanto repetia: "Facinhoooo, superfacinhoooo!", como se fosse a campeã do mundo de contas, mas na verdade ela só era menos ruim do que eu.

Enfim...

Não sei se vocês já tentaram decorar a pior das tabuadas de multiplicação com os piores irmãos do mundo na sua cola. Não desejo isso pra ninguém. Nem mesmo pro meu pior inimigo. Nem pra Eloanta (esse é o apelido que eu dei pra aquela chatonilda da Eloá), pra vocês terem ideia.

A cada cinco minutos, o Vi e o JM apareciam no meu quarto feito duas assombrações:

— Sete vezes seis? Você não sabe, Pirralha?

— Sete vezes nove? Você tem cérebro de gelatina, Pipizinha?

— Sete vezes sete? Vaaai, pensa bem, Pirralhenta!

— Sete vezes oito? Pffff... não consegue pensar rápido, Pirralhentinha?

Normalmente, quando os meus irmãos me chamam SÓ UMA VEZ de Pirralha, ou de qualquer coisa que se pareça com esse apelido abominável, eu aciono na hora o meu alarme-turbo-soluço e vou correndo dedurá-los. Mas daquela vez eu NÃO PODIA. E eles sabiam. E, é claro, se aproveitavam disso. Por que eu não podia? Porque eu NÃO sabia essa droga de tabuada do sete! Na-na-ni-na-não! Nem às duas da tarde. Nem às três horas. Nem às quatro... Eu repeti e RE-repeti: mas ela se recusava a entrar no meu cérebro, ZE-RO! Então, se eu descesse pra dedurar os meus irmãos, antes que eu conseguisse dar UM SÓ soluço, os meus pais me bombardeariam com perguntas do tipo sete vezes isso, sete vezes aquilo! E o que eu ganharia?

Problemas além dos que eu já tinha! NÃO, OBRIGADA!

Por volta das cinco horas, depois de tanto aguentar, explodi. A vontade de fugir das garras dos meus irmãos me fez descer da cadeira. Abri a minha porta de repente. O Vi e o JM correram pro andar de baixo. Pra me espionar? Provavelmente. Mas não importa. Quando viram a minha cara de quem estava pronta pra guerra, eles sumiram pro quarto feito ratinhos dentro da toca. Não sei se os ratos têm tocas. Em geral, são os coelhos, mas os meus irmãos são pavorosos demais pra serem comparados a coelhos.

Atravessei a sala andando bem devagar. O papai não levantou a cabeça. Ponto pra mim.

Corri pra cozinha.

— A gente precisa comprar pão, né, mamãe?

Ela deu meia-volta, encoberta pela fumaça das panelas.

— Ah... você está aí, minha querida?

Pra evitar muita conversa, falei num tom bem firme:

— Vou comprar pão fresco pro jantar! Onde está a sua carteira?

Ela olhou pela janela.

— Está escurecendo e faz frio... É melhor chamar os seus irmãos pra irem com você!

"Socorro, tudo menos isso!", pensei.

Mas não falei nada. Peguei o meu casaco que fica pendurado na porta da entrada.

— Tá tudo bem, mamãe, o meu casaco me esquenta!

E BAM! Saí de casa. O ar gelado atingiu as minhas bochechas em cheio. Exatamente o que eu precisava pra baixar a temperatura do meu sangue, que tava mesmo muito elevada (de raiva dos meus irmãos). Virei à direita, na direção da padaria que fica na rua das Bigornas. Eu chamo de padaria dos Resmungões: se resmungar mais que o dono e a dona, você morre!

Só que esqueci de um detalhe: era domingo. Dei de cara com a padaria FECHADA. Meia-volta. Direção: a padaria dos Campeões, pros lados do jardim que tem o mesmo nome, do outro lado de Rigoleta (a cidade onde moro).

Foi no final da avenida Doçura que tive a incrível visão.

Uma visão que... como posso dizer?... me deixou sem reação!

As calçadas estavam desertas, o que não é nenhuma surpresa se pensarmos naquele baita frio.

Já anoitecera. Uma névoa cinzenta flutuava em volta dos postes de luz.

Um palhaço gigante caminhava um pouco mais longe, no meio da rua, abraçado com um tigre. Umas luzes piscavam em volta deles... Quando cheguei mais perto, entendi: era um cartaz colado na lateral de um caminhão!

Uma música explodiu de um alto-falante:

— *Tra tra dá tum dum pá tim pã tarara damdam!*

Depois, uma voz grossa falou:

— *Senhoras e senhores, Os Reis da Estrrrrada chegaram à cidade! Emoção! Risadas! Arrepios! Uma* única apresentação exxxxcepcional na quarta-feira, dia 6! Sim, eu disse exxxcepcional, senhoras e senhores! Entrrrrrrrem na magia do circo com o nosso GRRRRRANNNDE espetáculo: OS RRRRREIS DA ESTRRRRADA NA RRRRRIGOLETA!

— Tra tra dá tum dum pá tim pã tarara damdam! — a banda repetiu, no meio de uma enxurrada de aplausos.

6 pro 6

O CAMINHÃO DESAPARECEU VIRANDO A ESQUINA DA avenida... mas não desapareceu da minha cabeça. UM CIRCO em Rigoleta! Maravilhoso! Eu AMOOOO circo! Só fui uma vez, quando tinha uns dois anos. É a lembrança mais bonita que tenho na vida. Na verdade, não me lembro, mas tenho uma foto minha entre o papai e a mamãe, na frente de uma tenda vermelha e amarela, e eu ADOOORO essa foto. Além disso, os meus irmãos não aparecem, o que deixa a foto ainda mais maravilhosa.

Toda vez que olho pra ela, tenho vontade de voltar pra época em que tinha dois anos, só pra ir de novo ao circo. No resto do tempo, prefiro continuar tendo oito anos. É mais legal ter oito do que ter dois, né? Pelo menos quatro vezes mais legal, se confiarmos na tabuada do quatro (a que sei melhor)...

Voltei pra casa correndo de tanta pressa que tinha pra dar a notícia sobre o circo pra minha família. Quando cheguei, percebi que... a visão do caminhão me fez esquecer totalmente do pão! Totalmente! Voltei correndo pra padaria. Não me arrependi: o padeiro da padaria dos Campeões me deu um chiclete de presente, além das duas baguetes que comprei. Os Resmungões não fariam a mesma coisa!

No caminho de volta, tive tempo de pensar: antes de falar sobre o assunto do circo, seria melhor aprender a tabuada do sete. E na ponta da língua, como diz a vovó Purpurina, ou seja, decorada-perfeita-sem--dar-nenhuma-engasgada. Tá, mas como fazer isso no espaço de uma hora que eu tinha antes do jantar se passei a semana inteira tentando, sem conseguir? Ao subir a escada de dentro de casa, tive uma inspiração. Uma espécie de fórmula mágica escorreu pelo meu cérebro. Falei em voz baixa, assim:

- ★ Sete vezes! (E dizendo isso, coloquei o pé direito no primeiro degrau.)
- ★ Circo neles! (E coloquei o pé esquerdo no outro degrau.)
- ★ Sete vezes! (Pé direito.)
- ★ Circo neles! (Pé esquerdo.)

Eu sei que é bizarro. Não sou feiticeira nem fada, eu SEI. Mas não importa: continuei só em pensamento, subindo cada degrau da escada. Vocês perceberam? SE TE e VE.ZES têm o mesmo número de sílabas, e também CIR.CO e NE.LES; então tem um ritmo quando falo isso subindo os degraus!

Não sei se é por isso, ou se é

porque a escada que sobe pro meu quarto tem treze degraus e treze é um número mágico, mas de todo modo DEU CERTO! A tabuada do sete entrou na minha cabeça como...

...uma carta na caixa de correspondência... uma colher no pote de iogurte, uma trapezista no picadeiro do circo!

No jantar, depois da sopa (de abóbora: blergh!, não gosto de sopa de abóbora, mas comi sem reclamar pra não estragar o que ia fazer depois), falei como se fosse uma metralhadora:

— Vocês sabiam que sete vezes um é igual a sete, sete vezes dois, catorze; sete vezes três, vinte e um; sete vezes quatro, vinte e oito; sete vezes cinco, trinta e cinco; sete vezes seis, quarenta e dois; sete vezes sete, quarenta e nove; sete vezes oito, cinquenta e

seis; sete vezes nove, sessenta e três; sete vezes dez, setenta? E sabiam também que tem um circo INCRÍVEL em Rigoleta? Seria INCRÍVEL a gente ir!

O Vitor começou a dar risada. Na hora, pensei que fosse de alegria.

— Você não acha que já temos circo suficiente nesta casa? — o papai resmungou.

Viram como não estou mentindo quando digo que *mexer na papelada* deixa o papai de mau humor?

A mamãe perguntou pros meus irmãos:

— Vocês gostariam de ir ao circo, meninos?

A risada do Vitor se transformou em uma careta de desgosto.

— Ah, circo é pros ANÕES... Não comprem ingresso pra mim, prefiro ficar com o dinheiro pra aumentar as minhas economias e comprar o Space-Jato X27.

O meu irmão mais velho monta maquetes de avião. É a obsessão dele.

O Max pulou como se estivesse sentado em cima de uma mola.

— Ah, isso não é justo! Se o Vitor vai comprar o SpaceJato, então *mim dá* luvas de boxe!

A mamãe arregalou os olhos e corrigiu:

— Não se diz "*mim* dá", José-Máximo!

O papai olhou pra mim e pros meus irmãos com uma cara bem brava. Não gosto nem um pouco desse olhar que coloca nós três no mesmo saco. E gostei menos ainda da frase que ele disse na sequência:

— Essas crianças são mimadas demais!

Pronto. Muito obrigada, meninos! O que poderia acontecer aconteceu: os nossos pais concluíram que *iam ver*. Eu já conheço isso. Quer dizer: não vamos ver é nada, não iremos e pronto.

De sobremesa teve torta de limão com suspiro.

A minha sobremesa predileta (principalmente quando é a que a vovó faz).

Essa tinha sido comprada no supermercado, é fácil saber: ela brilhava igual a um sapato envernizado dentro da caixa de plástico transparente. Mesmo assim é gostosa.

Não, claro que não comi. Tinha perdido o apetite.

Estava decepcionada.

E pensar que eu aprendera a tabuada do sete SÓ PRA ISSO!

Tanto esforço por NADA. Que desperdício!

Ajudei o mínimo possível a tirar a mesa do jantar. Só o suficiente pra não levar bronca. E assim que consegui, zum!, subi pro meu quarto.

Estava mastigando o Mastigadinho (o meu amado leão de pelúcia), pra tentar me *desirritar*, quando ouvi a campainha tocar três vezes. Vovó! A minha avó sempre toca três vezes a campainha enquanto abre a porta, já que ela tem a chave. Um dia perguntei pro papai por que ela fazia isso. "Pra ser discreta", ele explicou. O papai defende a mãe dele. É muito gentil fazer isso. Mas eu acho meio nada a ver, porque a minha vó (de quem eu gosto ainda mais do que do Mastigadinho), em termos de discrição, parece mais com uma… corneta, sabe?

Pois é…

— Olá! Tudo belezinha por aqui? Tenho uma SUR--PRE-SAAAA! — a vovó anunciou.

É bom desconfiar das surpresas da vovó. Pode ser uma blusa de tricô bem feia, que ninguém pediu pra ela fazer. Principalmente eu, já que a vovó costuma tricotar blusas com lã marrom, a cor que mais odeio.

Saí no corredor pra ver. Os olhos da vovó brilhavam tão forte que dava pra ver o brilho do andar de cima. Ela tirou seis ingressos vermelhos e amarelos da bolsa, dizendo:

— Seis ingressos pro dia 6!

— É... errr... o quê? O que é... o que é isso? — os meus pais gaguejaram.

— Um PRESENTE! Estou convidando todos vocês pra irmos ao CIRCO! Vi o caminhão passar e comprei os ingressos na hora!

Chuva de estrelas

NA TERÇA-FEIRA À NOITE, OS MEUS PAIS COSTUMAM ir ao restaurante, de casalzinho, como eles dizem. Eu acho até que eles teriam preferido o jantar a dois em vez de ir ao circo, mas não demonstraram isso. Bem diferente dos meus irmãos: quando a vovó pegou os ingressos pra ver Os Reis da Estrada, o Vi fez um sinal de negativo com o polegar pelas costas (pelas costas da vovó eu quero dizer), e o Max fingiu que ia vomitar.

O papai viu o que eles fizeram, e os dois recebe-
ram um olhar megafuzilante + um mega-apertão no
braço + estas palavras em voz baixa, megairritadas:

— Parem com isso IMEDIATAMENTE ou a coisa
vai ficar feia pra vocês!

— Mas que ótima ideia ir ao circo, Margarida! —
a mamãe falava sem parar.

Margarida é o nome da vovó. Sempre achei esquisito de ouvir, mas é assim, não fui eu que inventei...

— Não se recusa um presente! — o papai ralhou
assim que a vovó se virou definitivamente de costas,
ou seja, pra ir embora pra casa dela (ela mora a três
minutos de nós).

— Vitor e José-Máximo, nunca mais quero ver
vocês fazerem gracinha pelas costas da avó de vocês!
— a mamãe emendou. — O circo me deixa deprimida,
mas por acaso eu disse isso? Nunca! Se alguém me
convida, eu vou e ponto final!

Na escola, todo o mundo falava dos Reis da Estrada, mas não com alegria:

♥ A Catarina disse que adoraria ir, mas que
NÃO ia porque o pai dela fica deprimido com

o circo. Ela estava tão triste que nem contei que a minha mãe também ficava (deprimida, eu digo), mas que a gente ia mesmo assim.

♥ A Ximena Cerebelo falou que adoraria ir, mas que NÃO ia porque os pais dela querem que ela durma cedo. Pobre Ximena! Se é pra isso que serve ser a primeira da classe, quero continuar na posição em que estou (mais perto de ser a última).

♥ O Yuri também adoraria ir, mas NÃO ia porque não tinha mais ingresso. Puxa, essa foi por pouco! É mesmo muita sorte ter uma avó que compra seis ingressos NA HORA em que vê o caminhão!

♥ A Rosita Pilão nem sabia do circo. Não é nenhuma surpresa, já que ela está sempre com a cabeça nas nuvens chupando o dedão.

Durante o recreio da terça-feira, tive uma alegria extra: o Pedro veio falar comigo como se fosse a cereja em cima do bolo (o Pedro Quindim é o menino de quem mais gosto na escola, falo bastante dele. Se vocês ainda não o conhecem, vão conhecer em breve, certeza):

— Você vai ao circo hoje à noite, Angelina?

O meu coração bateu mais forte.

— Sim. E você, Pedro?

— Eu também irei! — O Pedro costuma falar como se fala nos livros.

Logo depois, o sinal tocou. A gente se separou (ele está no quarto ano, e eu, no terceiro). Olhando o Pedro, todo chique de blusa azul e sapatos engraxados, logo pensei que aquela noite ia ser de felicidade completa.

E foi. Quer dizer... quase.

A tenda havia sido montada na praça do mercado, como num sonho. O alto-falante tocava músicas de festa. Esperando na fila, eu sentia vontade de dançar, e até parecia que estava calor, apesar do frio. Do lado de dentro era tudo vermelho e amarelo. Seria impossível ficar mais bonito, nem se fosse tudo cor-de-rosa (minha cor preferida). Uma mulher de maiô prateado + coroa, linda como uma boneca viva, recebia os espectadores com um grande sorriso. Atrás dela, um homem picotava os ingressos. Ele vestia um colete de lantejoulas que imitavam escamas de peixe. Imaginei o Pedro e eu, um dia, grandes e bonitos como esses dois, e isso me deu muita esperança.

Os lugares não eram numerados. O moço explicou que as crianças podiam se sentar nas primeiras fileiras. Os meus irmãos afirmaram que eles não eram crianças, e foram se sentar com os meus pais e a vovó. Melhor assim. O Pedro se sentou do meu lado. Quando as luzes se apagaram, ele cochichou no meu ouvido:

— Está muito bom aqui, né?

Murmurei de volta que sim, que estava ótimo. O que mais eu poderia dizer?

INFORMAÇÕES SOBRE O ESPETÁCULO:

★ A mulher se chama Glória. Ela sabe fazer de tudo: trapézio, corda, arcos, anéis e malabarismos incríveis. Sempre com o seu grande sorriso.

★ O homem se chama Paulino. A especialidade dele é a mágica.
★ A trupe tem três pessoas. O terceiro é um palhaço que toca violino e se chama Teteco Molengo.
★ O tigre do cartaz já morreu. O animal que eles têm é uma cabra esperta, a Pititica, que sabe ficar em pé em um cubo e contar até dez batendo com a pata no chão.

Depois do número do trapézio voador, o Pedro cochichou no meu ouvido:

— Você percebeu que no nome do Paulino tem a letra "p", como no meu, e no nome da Glória tem um "g", como no seu?

P&G. Eu não tinha percebido. Estava babando de emoção, uma chuva de estrelas brilhava sobre a minha cabeça.

— Queria que o espetáculo durasse a noite toda, Pedro.

— Ele dura 75 minutos, sem intervalo! — foi a resposta imediata.

No momento em que o Pedro falou, 75 minutos me pareceram uma eternidade.

Mas o tempo passou mais rápido que um foguete.

Nunca sem o meu circo

NA SAÍDA, O PEDRO CORREU PRA ENCONTRAR OS PAIS dele.

— E aí, se divertiu com o Quindinzinho? — o Vi e o JM perguntaram assim que nos encontramos.

Respondi:

— Nhé-nhé-nhé.

Eles não mereciam mais do que isso.

— Gostou do espetáculo, minha querida? — a vovó quis saber.

Pulei no pescoço dela pra abraçá-la.

— EU ADOREI! OBRIGADA, VOVÓ!

— Agradeçam a avó de vocês, meninos! — o papai mandou.

Eles agradeceram mais ou menos com a mesma empolgação do dia em que a vovó errou a receita do pavê de morango (que ficou molenga, como se os morangos estivessem boiando na água).

No caminho eles se mantiveram calmos, mas enquanto escovávamos os dentes, me disseram coisas horríveis:

★ Vitor ➜ que o circo era horroroso.

★ José-Máximo: ➜ que a cabra devia se chamar só Titica, porque ela tinha feito 17 titicas durante a apresentação.

★ Vi ➜ que no futuro o Pedro ia ser um palhaço violinista.

★ JM ➜ e eu, domadora de leões de pelúcia fedorentos como o Mastigadinho.

★ Vi ➜ que...

Saí do banheiro sem enxaguar a boca. Ora! Há limites, né?

Não consegui dormir a noite toda. Estava me sentindo muito sozinha no meio daqueles pavorosos que não entendem nada sobre a beleza do mundo. Eu pensava na Glória, no Paulino e no Teteco Molengo, que iam embora de Rigoleta e eu nunca mais ia ver. Tive vontade de chorar.

De repente, não aguentei mais ficar parada na cama. Pulei dentro da minha jaqueta e dos meus tênis como uma tigresa, desci as escadas andando igual a uma loba, abri a janela da cozinha como uma ratinha. E saí pra enfrentar aquela noite gelada.

Ainda tinha uma luz acesa no caminhão dos Reis da Estrada. Bati. A Glória abriu, de camisola e com os cabelos soltos. O sorriso dela estava bem discreto.

— Você esqueceu alguma coisa?

— Quero ir com vocês!

— Ai, ai, ai, menininha! Você é teRRRível! Onde estão os seus paIIIIs? — fez a voz do Teteco Molengo (a mesma dos alto-falantes).

— Em casa, na rua dos Pinguins!

— Vamos lá!

Vi todas as luzes de casa acesas. O Max tinha me ouvido levantar e resolveu acordar os nossos pais. A mamãe e o papai estavam brancos feito dois azulejos de banheiro. Os meus irmãos, com umas caras muito esquisitas. O Teteco Molengo era o que parecia menos esquisito, ainda que continuasse esquisito com a maquiagem e a peruca.

Ele tirou do bolso um folheto vermelho e amarelo.

— A filha de vocês adoRRRRa o ciRRRco. Vocês deveRRRRiam inscRRRRevê-la!

Os meus pais olharam o papel. Eram cursos. Cursos de circo. Com Os Reis da Estrada. Achei aquilo tão maravilhoso que pensei que estivesse sonhando.

Dei um beliscão em mim mesma: não estava sonhando.

— MaRRRavilhoso! — gritei.

— Por… por… por que… não? — a mamãe gaguejou.

— É… é… é verdade! — o papai completou.

Fiquei muito feliz com essas respostas. Só não gostei quando o Vitor falou:

— Posso ir?

E o Max:

— Eu também?

Desta vez fui EU que respondi "Vamos ver".

2. BOLINHAS COR-DE-ROSA

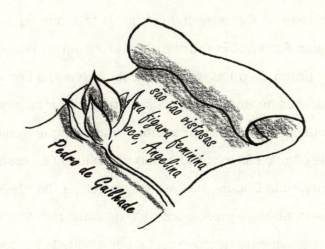

Triiiim!

NADA ACONTECEU COMO DE COSTUME. NADA MESMO.

Vou explicar.

É costume, nas tardes de quarta-feira, o Pedro passar na frente da minha casa a caminho da aula de violino. Isso todo o mundo sabe. Bom, pra quem ainda não sabe, esclareço que o Pedro Quindim é o menino mais... como posso dizer?... maravilhosamente charmoso de toda a minha escola e de toda a cidade de Rigoleta, onde moro. Já falei que eu me chamo Angelina Purpurina e tenho oito anos? Pois é.

Então, às quartas-feiras eu sempre vejo o Pedro aparecer no final da rua dos Pinguins (minha rua) exatamente às duas e quarenta e cinco, porque a aula dele começa às três horas, não muito longe de casa, na avenida Doçura, na casa da tia dele, a Claudete, que também é professora dele de música e que é "extremamente rigorosa com a pontualidade", como o Pedro diz.

O Pedro costuma pronunciar palavras assim, muito chiques, e nunca ouço essas palavras saírem da boca de nenhum outro menino, menos ainda dos meus pavorosos irmãos. Falo deles depois.

Entre parênteses, sobre a tia Claudete: outro dia sonhei que ela brincava de rodeio em cima de um relógio com formato de cavalo de verdade. Foi muito, muito esquisito, mas vamos deixar pra lá porque não posso me perder. Vou continuar a minha história...

Naquela quarta-feira, não tive tempo de espionar o Pedro por trás da cerca do jardim de casa, porque às duas e vinte e nove (ou seja, dezesseis minutos adiantado) foi ELE quem tocou a campainha da minha casa: TRIIIIM!

Que sorte: os meus irmãos tinham acabado de sair pra aula de futebol.

Que azar: eu tinha acabado de começar a me pentear pra estar linda quando o Pedro passasse...

Quando vi pela janela do banheiro que era ele, vestindo camisa amarelo-clara, calçando sandálias de dedo e carregando o violino na mão, larguei tudo e desci pra abrir a porta.

— Bom dia, espero não estar atrapalhando — ele disse com uma cara de surpresa (talvez seja por causa do meu penteado... mal-acabado).

— O que, errr... o que aconteceu? — gaguejei enquanto tentava consertar (falo do meu penteado).

O Pedro abriu o estojo do violino e tirou dele um rolo de papel marrom com as bordas queimadas, do tamanho de uma salsicha.

— Toma.

Sob o efeito da surpresa, gritei:

— Oh! É... engraçado!

Ele franziu a testa.

— "Engraçado" não é a melhor palavra, Angelina. Abre, por favor.

Do lado de dentro tinha palavras escritas com tinta preta como se fossem patas de aranha, e uma flor de verdade, um pequeno botão de rosa que ainda não desabrochara.

— Não sei se você sabe — o Pedro continuou —, mas os meus pais plantaram uma roseira. (Como eu saberia? Só fui à casa dele uma vez, num dia em que o meu irmão José-Máximo precisava de um caderno do Pedro emprestado, e estávamos em pleno inverno, tinha começado a nevar e a gente nem entrou.) Quando possível eu gostaria de levar você pra admirar todo o esplendor da minha roseira. Talvez você me ache incongruente, mas vamos lá: esse arbusto florido me inspirou a compor um poema em sua homenagem.

Ele falou tudo muito rápido. Só memorizei que as palavras que pareciam patas de aranha eram em MINHA honra. Uma honra IMENSA! Vou copiar aqui pra vocês:

> Angelina, desejo escrever-te uma coisa divina
> Não sei se encontro algo que te defina
> Evitarei me expressar em prosa
> Será porque você sempre se veste de rosa?
> As rosas são tão vistosas
> Que me lembram uma figura feminina:
> Além da bela rosa, você, Angelina
> Assinado: seu servo e devoto
> Pedro de Guilhade

Enquanto eu lia, o Pedro me olhava tão fixamente que não tive coragem de ler várias vezes, como gostaria de ter feito. Fiquei com vontade de perguntar pra ele o significado de "incongruente", mas senti que seria melhor dizer primeiro OBRIGADA e parabéns pelo magnífico poema. E foi o que fiz. Ele esboçou um sorriso discreto que demonstrou a sua grande modéstia.

— Parece até uma coisa dos tempos antigos — acrescentei pra parecer mais interessante.

— É um manuscrito que elaborei sozinho, inspirado nas iluminuras típicas dos pergaminhos da Idade Média.

— Caramba! Estamos justamente estudando a Idade Média com a professora Paola...

— Eu sei. Já fui do terceiro ano antes de você, Angelina. (Ele tá no quarto ano, na mesma sala do JM.) Você por acaso conhece a palavra "prosa" também?

É besta dizer isso, mas na hora pensei que o Pedro parecia um pouco um professor que estava lendo a minha mente pra me interrogar, PAF!, exatamente quando não sei direito a lição.

— Prosa? Errr... É uma c... uma cor um pouco parecida com rosa, mas mais... digamos... roxa, lilás...

— Ah, sim... — o Pedro murmurou.

Pensei: "Yesss, estou com sorte, respondi no chute e, PIF!, acertei!" Mas a minha alegria não durou muito.

— Sim, mas NÃO! — ele completou. — A gente chama de PROSA todos os textos que não têm rima, ora!

Droga! Bati com a mão na testa.

— Que tonta que eu sou! Mas é claro que eu já sabia! É que o seu poema me deixou tão feliz que fiquei até confusa...

O Pedro olhou no relógio e fez "Ah", porque já eram duas e quarenta e seis, e ele disse que tinha que ir porque não podia se atrasar de jeito nenhum.

Fiquei olhando até ele desaparecer da rua dos Pinguins.

Não estava feliz comigo mesma.

Eu não tinha falado o que deveria falar. Tinha falado o que não deveria.

Estava relendo o poema quando os meus olhos pararam na assinatura: *seu devoto e servo Pedro de Guilhade.*

O que aquilo queria dizer? Teria algum significado que, pra variar, eu não estava entendendo? Eu queria ter certeza. Assim, corri na direção da avenida Doçura. Cheguei exatamente quando o Pedro abria o portão da casa da tia dele.

— Ei, Pedro! Por que você escreveu *das galhadas* do lado do seu nome?

Ele fez uma cara de catástrofe.

— Meu Deeeeus! Não escrevei *das galhadas*, Angelina! Escrevi *DE GUILHADE*, ora essa! É uma alusão ao grande poeta trovador português de Guilhade! Se você TAMBÉM não sabe disso, é melhor se informar na internet!

Chocolate quente

PROCUREI PELO FAMOSO DE GUILHADE DO PEDRO NO computador da sala: um homem de bigode e cavanhaque e cabelos compridos, e que viveu há muitos séculos. Ele escreveu muitas poesias, e o seu nome completo era João Garcia de Guilhade. Mas já tava bom, eu tinha outras coisas urgentes.

O relógio da parede marcava três e nove.

Em apenas uma hora o Pedro ia passar de novo na frente de casa voltando da aula. Eu precisava encontrar uma ideia incrível pra provar pra ele a menina valiosa que posso ser e a menina formidável que EU SOU a maior parte do tempo...

Pensei nos bombons que a vovó Purpurina faz (a minha avó paterna). Eles são ultradeliciosos, cremosos, crocantes e derretem na boca: muito melhor do que os que a gente compra.

Já vi várias vezes a vovó fazendo. É fácil. Ela derrete quadradinhos de chocolate e mistura com creme de leite e um ovo. Quando está tudo bem misturado e derretido, ela coloca em forminhas. Depois polvilha um pouco de açúcar e, ZUPT!, pra geladeira. Quando esfriam, eles desenformam igual pedrinhas de gelo! Qual era a minha ideia? Em vez do formato normal, eu ia fazer uma criação pessoal exclusiva sob medida em homenagem à grande paixão do Pedro: o violino. Um violino de chocolate. Vocês já viram isso?

Totalmente original, né?

Fui fuçar na despensa.

Esperava que tivesse uma barra de chocolate pra derreter...

Excelente! *Três* barras! Peguei duas.

É claro que não tenho forminha com formato de violino, mas eu já estava imaginando a minha obra pronta, esculpida de acordo com a minha imaginação, e ela era muito linda.

Liguei o rádio. Adoro cozinhar ouvindo música, igual à mamãe.

Segundo excelente sinal: *CROCODAÏLE JAM BIP BIP BLOP BLOP*, a minha música preferida, tocava exatamente naquele momento. Eu cantava enquanto quebrava os quadradinhos de chocolate dentro da panela. Coloquei pra esquentar em fogo baixo. Introduzi uma colher de pau pra mexer, como a vovó faz. Levou mais tempo do que eu esperava pra derreter. Muito mais até. Quando deu quatro horas, eu ainda não tinha acrescentado nem o creme de leite nem o ovo. Pensei: "Angelina, não adianta correr. É melhor dar um violino lindo na QUINTA do que um violino xexelento na quarta."

Achei que eu estava certa. Mudança de planos. Apaguei todas as luzes, fechei as janelas, as portas, as venezianas e até o cadeado do portão. Depois, me escondi atrás da cortina da sala. Pra quê? Pra evitar qualquer contato com o Pedro, he he! Senão, do que serviria preparar uma surpresa pra ele?

Vi o Pedro aparecer atrás da cerca às quatro e sete.

Ele tentou abrir. Olhou pra todos os lados, deu três passos pra frente, quatro pra trás. Ficou parado por um tempo coçando o nariz, depois as sobrancelhas.

E FIIIIIIIU! Foi embora.

A partir daí, liguei o turbo, pois QUEM ia aparecer às seis?

Os meus PAVOROSOS irmãos!

RESUMO DO MEU PLANO EXPRESSO-VIOLINO:

- ♥ Reacender as luzes.

- ♥ Reabrir janelas, portas, venezianas, cadeado do portão.
- ♥ Espalhar a minha mistura de chocolate em uma embalagem de plástico.
- ♥ ZUP! → colocar a caixa no congelador da garagem pra "resfriamento".
- ♥ Verificar o "endurecimento" a cada três minutos mais ou menos.
- ♥ 16h39: começar a "escultura" com serrote, martelo, chave de fenda e outros vários instrumentos da bancada de trabalho do papai.
- ♥ Resultado, sinceramente, nada mal.
- ♥ Chocoviolino ainda melhor por "colagem" de pedaços de barbante culinário imitando as cordas.
- ♥ 17h33: "embrulhar" em um plástico filme + papel de presente com pequenos Papais Noéis por todos os lados (não era muito legal, já que estávamos em junho, mas não tinha outra coisa pra usar) + fita dourada em toda a volta.
- ♥ 17h57: "esconder" a obra embrulhada debaixo da minha cama.

♥ Incrível como escrevi por acaso todos esses "ar", "er" e "ir".

Os meus irmãos chegaram às seis e oito.

Ufa! Terminei bem a tempo e CONSEGUI. Eu podia ficar orgulhosa de mim. Aliás, eu estava. Será que é por isso que um poema jorrou do meu cérebro como se fosse água saindo da torneira? Ou será que a inspiração poética do Pedro é contagiosa?

Em todo caso, aqui está o meu poema:

Pedro é o nome desse menino
Ele toca violino
Que talento esse rapaz
De tocar uma bela música ele é capaz

É lógico que fiz menos rimas que o Pedro, mas não se julga o talento pelo número de linhas, né? Não escrevi o meu poema em forma de escritura de aranha da Idade Média, mas em forma de escrita supermoderna, com caneta de ponta fina prateada em um papel rosa fosforescente. Também não enrolei a folha. Dobrei-colei-escondi embaixo da fita dourada do meu embrulho de presente.

Tem alguém aí?

NO DIA SEGUINTE, ME LEVANTEI ANTES DE O SOL APA-
recer. Estava tão ansiosa pra ver a cara do Pedro quando eu entregasse a minha surpresa pra ele! Enfiei o Chocoviolino na minha mochila de bolinhas cor-de-
-rosa. Parecia uma corcunda, mas o JM não percebeu nada durante o caminho pra escola (os nossos pais nos obrigam a fazer os trajetos juntos, mas ninguém gosta disso, nem um, nem o outro).

Eu tinha a esperança de cruzar com o Pedro na rua, no pátio, em algum corredor… Mas não.

No recreio, não vi nenhum aluno do quarto ano, e me lembrei de que quando saímos de casa o meu irmão estava com a mochila de natação dele, além da mochila de sempre. Deduzi, logicamente, que o Pedro estivesse nadando...

A continuação do dia me pareceu mais comprida do que uma piscina olímpica de mil quilômetros. Na cantina, surpresa negativa: espiei em todas as mesas, mas não avistei o Pedro em lugar algum.

— Angelininha, você tá procurando o seu Quindinzinho? — o Max falou o mais alto que pôde, só pra divertir os amigos babacas dele.

Todos se curvaram como corcundas. Fingi que não tinha visto ninguém. Pelo menos tentei...

Quando o JM saiu com o seu bando pra jogar bola no pátio (eles só sabem fazer isso), encurralei a Guiomar Garganta, a mais legal do quarto ano:

— Você viu o Pedro?

— O Pedro Quindim?

Fiz que sim com a cabeça. Na nossa escola tem pelo menos seis Pedros. Mas só um me importa. Porém, isso a Guiomar Garganta não precisa saber.

— Ele tá doente. Por quê? — ela perguntou.

— Por nada!

Eu não ia contar a minha vida pra ela, né? Há limites!

À tarde, do nada, fez um calor insuportável. O sol batia nas janelas como se estivéssemos numa frigideira.

A professora secava o suor com um lenço de flores. Isso é raro. Além do mais, o calor a deixa de mau humor, eu já tinha percebido. Ela disse "não" pra todo o mundo que pediu pra ir beber água. Menos pra Ximena Cerebelo "porque ela poderia desmaiar". A Ximena é a queridinha mesmo, todos sabem disso. Como posso provar? Quando a Miss Queridinha voltou do bebedouro, todos que pediram pra ir também, alegando que iam desmaiar, tiveram que escrever trinta vezes: *Tenho que parar de interromper a aula por causa de um sim* ou *por causa de um não*. Principalmente por causa do NÃO, eu diria! Não?

Na saída da aula, o meu cérebro parecia um mingau, mas mesmo assim consegui ter UMA ideia ultra-mega-giga decidida.

O meu irmão me esperava na calçada.

— Anda logo que tenho jogo de futebol no terreno baldio atrás da mercearia do Alex (que fica do lado de casa).

Continuei andando.

— Pode ir pra casa sozinho, tenho que comprar uma coisa.

— Você vai ver o Quindinzinho que tá dodoizinho?

Como ele adivinhou?

— Claro que não! Não se mete na minha vida!

O JM me segurou pela gola da blusa (odeio quando ele faz isso).

— A sua vida também é minha. Se os nossos pais souberem que a gente não foi pra casa junto, quem é que vai se dar mal?

— Quem KIKI pipipi popopó! Eles não vão saber. Vou chegar em casa antes de você. Preciso comprar... uma borracha.

Ele puxou mais forte a minha gola.

— Compra pirulitos explosivos pra mim (o doce preferido dele) e eu deixo você ir.

— Quantos? — Suspirei.

— Dez!

— Ei! Não sou miliardária: dois!

— Cinco!

Eu disse "tá". A gente fechou o acordo. Nesta vida é preciso aprender a ceder.

Ele finalmente me soltou.

Corri pra rua da Melancia, onde o Pedro mora.

O portão tava aberto.

Dei a volta na casa.

Tinha uma porta-balcão aberta na lateral.

Cheguei perto dela.

Através das finas cortinhas, vi um pôster de violino…

Talvez fosse o quarto dele… Talvez ele estivesse lá dentro…

Murmurei:

— Tem alguém aí?

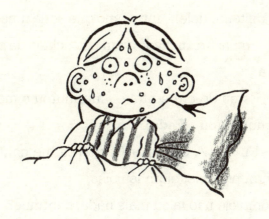

Espelho cruel

— **Entra, Angelina! Não posso sair daqui** — gemeu uma voz que parecia a do Pedro.

Obedeci. O quarto era pintado de azul-céu, muito iluminado, todo arrumado… mas o Pedro não tava lá. De repente, alguma coisa se mexeu na cama. Dei um pulo.

— Não precisa ter medo! — disse a voz.

Mas eu tive medo, MUITO medo, pior que isso até! Uma cabeça saiu de baixo do lençol; era o Pedro, mas... como posso explicar? Era como se fosse um primo distante dele... um primo que seria uma espécie de... monstro, inchado, vermelho, cheio de bolotas na cara...

— Estou do-e-e-e-nte! — murmurou o monst... digo, murmurou o Pedro.

— Eu sei. A Guiomar Garganta me contou — respondi, pra dizer alguma coisa.

Como ele não falou mais nada, continuei:

— Espero que não seja nada sério!

— Eu acho que é MUITO sério! — o Pedro afirmou, com uma cara... MUITO séria. — A mamãe me proibiu de me levantar. Tive quarenta e um graus de febre esta noite. Ela foi comprar remédio. Como você acha que estou? A minha cara está muito ruim?

Olhei pra ele tentando fingir que tava tudo normal.

— De jeito nenhum. Sua cara tá ótima! Você está... p... rosa!

— PROSA? — Ele fez uma careta (horrorosa de ver).

Fiz um esforço enorme pra sorrir.

— Não, quero dizer: você tá ROSA! Tá perfeito! — E pra mudar de assunto, acrescentei: — Preparei uma surpresa pra você, Pedro! E escrevi até um poema, você vai...

— Não é de um poema que eu preciso, Angelina!

— ele me cortou (não achei muito gentil). — Eu quero SARAR. Estou com medo de me transformar em um alien como o do *Cruel Monsterror*. Estou com medo de MORRER...

— Não se pode assistir a tantas séries de televisão, Pedro! Faz mal pra sua inteligência. (Também posso falar como uma professora, ora! Há limites, né?)

O Pedro se levantou e se apoiou no travesseiro. O pescoço dele tava tão cheio de feridas quanto o rosto.

— Se você é mesmo minha amiga, vá pegar um espelho. O espelho de aumento do banheiro, primeira gaveta, no final do corredor... A mamãe não quer que eu me veja, mas EU QUERO me ver!

Eu pensava exatamente o contrário: que se eu fosse AMIGA dele, não devia de jeito NENHUM ir buscar o espelho. Tirei a mochila das costas. O Pedro deu um grito:

— Eca!!! Cuidado! Alguém fez cocô na sua mochila!

O choque me deixou sem reação: uma mancha marrom se espalhava pelo tecido de bolinhas cor-de-rosa. Abri o zíper. Dentro da mochila, a embalagem do Chocoviolino estava mole igual gelatina. Derretido pelo sol escaldante que bateu na janela da sala, um azar enorme, o horror dos horrores! Foi então que uma voz de mulher ralhou:

— O que você está fazendo aqui, mocinha?!

O meu coração quase parou. Virei-me pra ver. Era a mãe do Pedro, plantada bem no meio da soleira. Ela é uma mulher magra com os cabelos bem curtos, e costuma usar roupas marrons (a cor que mais odeio). É professora do ensino médio. Quando ela sorri, parece que tá brava. Mas naquele momento ela definitivamente não sorria!

— Foge, vai embora daqui, rápido! — E o Pedro apontou pra janela.

Peguei a minha mochila e corri pra casa tão depressa que parecia que o *Cruel Monsterror* e seu bando de aliens vinha nos meus calcanhares.

O JM já havia chegado, e fazia malabarismos no jardim.

— Trouxe os meus pirulitos? — ele gritou.

— Acha que tenho tempo pra pensar nisso?

Ele se atirou em cima de mim.

— O QUÊ?! Você NÃO comprou? AONDE você foi?

Eu já tava sem fôlego e sem forças. Disse a verdade.

RESUMO DO QUE ACONTECEU EM SEGUIDA:

- O JM me chamou de Pirralha-tratante-que-promete-mas-mente.
- Eu chorei.
- O Vi se intrometeu e me chamou de Pirralha-assassina-que-vai-passar-a-peste-bubônica-do-Pedro-pra-todos.
- Eles pegaram o Mastigadinho (meu amado leão de pelúcia) e começaram a desenhar feridas com canetinha vermelha na barriga dele, depois nas patas, depois...

FELIZMENTE O PAPAI E A MAMÃE CHEGARAM!

A gente levou cada um o seu sermão:

1) O Vi por falta de solidariedade com alguém doente + todo o mundo vai ter doenças contagiosas mais cedo ou mais tarde ++ se o Pedro está com catapora, a gente não corre nenhum risco: nós já tivemos (não me lembro porque eu era bebê) +++ por estragar o Mastigadinho.

2) O JM, por ter me deixado sozinha depois da aula + pela tentativa de chantagem com a própria irmã mais nova ++ por estragar o Mastigadinho.

3) Eu, por desobedecer e ir embora sozinha da escola + por pegar duas barras de chocolate pra derreter.

E isso não é tudo. Fomos punidos também. No sábado, tivemos que fazer limpeza.

❁ Eu: limpar a minha mochila.

❁ Os meus irmãos: o meu Mastigadinho.

Domingo foi ainda pior: em vez de irmos à Rigo-Fres-Fofo-Lândia (o parque de diversões que fica entre Rigoleta, FrescaFlor e Fofovila, as duas grandes cidades perto da minha), tivemos que ajudar na FAXINA da floricultura dos nossos pais.

Enquanto eu esfregava o vidro da vitrine, adivinhem quem vi passar! O Pedro! Ele usava um boné e um cachecol azul da cor do céu, que só deixavam os olhos dele de fora, e caminhava no meio dos pais. Ele me mandou um beijo. Acho que os meus irmãos não viram. Ou pelo menos não perceberam. Quando fui jogar o Chocoviolino fora, encontrei o poema. Não sei se vou entregar pro Pedro...

3. BOLA MISERÁVEL

Bulbos encantados

Meus sapatos são baratos
São perfeitos, não têm defeitos
Tchu bi ru biruuu
Meus sapatos são de festa
São tão lindos, são divinos
Tcha biri biraaa

Vocês conhecem? É a música *SAPATOS DE FESTA*, a nova música da Lolita, minha cantora preferida de todas as cantoras possíveis e imagináveis do mundo todo. Quando esta história começou, eu estava justamente decorando a letra (da música).

Era um domingo chuvoso.

Eu ensaiava a música no meu quarto, com o meu karaokê no mudo pra não chamar a atenção dos meus irmãos, quando o papai chamou lá de baixo:

— Angelina, vamos? Estamos indo à BULBOS ENCANTADOS!

Trata-se de uma feira-exposição de flores em bulbos (ou seja: que ainda não floriram). Os meus pais vão todo ano. Lógico: eles são floristas. No ano passado, fomos todos juntos. Ai, que tédio foi aquilo... Pros meus irmãos também. Então, eles me irritaram de um jeito insuportável: quando não têm nada melhor pra fazer, é a atividade número 1 deles. Além disso, essa exposição tem cheiro de estrume de vaca por causa dos adubos. Assim, trocar a Lolita pela BULBOS ENCANTADOS me deixava zero encantada, como vocês devem imaginar!

— Anda logo, Angelina, a gente já devia ter saído há treze minutos! — a mamãe gritou.

Saí no corredor e falei, com a voz rouca:

— Não estou me sentindo muito bem, cof cof (fingi estar tossindo), prefiro não ir...

— Muito bem! Então vocês três ficarão em casa! — a mamãe decidiu, colocando o chapéu de chuva.

Como assim, os TRÊS? Isso não estava nos planos!

— Comportem-se, não quero saber de confusão! — o papai acrescentou.

Ao ouvir essas palavras, os meus irmãos saíram do quarto (eles dormem no mesmo quarto, do lado do meu).

— Podem contar com a gente, vamos nos comportar como anjinhos no altar, temos muita lição pra fazer — o Vitor garantiu.

O Max completou:

— Sim, a gente vai estudar muito, fiquem tranquilos, papai e mamãe queridos!

A cara deles de meninos perfeitos não me convenceu nem um pouco. Ao contrário! Se eu soubesse, teria ido com os meus pais.

Mas era tarde demais. Como diz a vovó: "Com um monte de 'se' a gente faz Rigoleta caber numa forma de bolo!"

Assim que o furgão da Floréis (nome da nossa floricultura) desapareceu na esquina, começou: BUM… BAM… PAF… BLANG…

As paredes começaram a tremer; até a minha coleção de tesouros que fica em cima da estante balançou. Os meus irmãos estavam jogando futebol no quarto! É PROIBIDO. Até MAIS do que me chamar de Pirralha. Entrei no quarto deles como se fosse uma chefe de polícia adentrando um esconderijo de bandidos. Uma bola passou triscando o meu nariz. Soltei um grito que saiu do fundo dos meus pulmões:

— É isso que vocês chamam de estudar?!

O Vi me empurrou pra trás.

— Sai do campo!

— A gente tá jogando o jogo de abertura da Liga dos Purpurina! — o JM berrou.

CONTINUAÇÃO DA CONVERSA:

EU: Primeiro, futebol é lá fora!

JM: Vai você lá fora! Tá chovendo, boboca!

VI: É VOCÊ quem faz chover com essa voz de taquara rachada! Acha que a gente não te ouviu cantando as suas babaquices?

EU (horrorizada): As minhas… minhas… o quê?!

JM (imitando a Lolita de um jeito medonho): Tchu biru biru… blá blá bitoca nhé nhé boboca!

VI (se contorcendo de rir): Angelina bobona!

Saí batendo a porta. As pancadas recomeçaram ainda mais fortes: BUM… PONG… BANG… PAF… BUM… PONG… BANG… PAF…

Lembrei-me de outra frase da minha avó: "Quando passamos do ponto, não existe mais limite." Decidi telefonar pra vovó pra pedir ajuda. Peguei o telefone da sala e me tranquei no banheiro. Quando eu contasse a situação, ela viria rapidinho, certeza absoluta. Ela (quase) sempre me defende. Os meus pavorosos irmãos iam se arrepender!

Por azar, ouvi do outro lado da linha:

— *Não fique triste, não fique a esmo… A Margarida não está em casa MESMO! Um, dois, três: fale, pois agora é a sua vez!*

Detesto caixa postal, principalmente a da vovó Margarida!

Eu procurava uma ideia de contra-ataque aos meus irmãos, sem achar uma, quando um raio de sol veio fazer cócegas no meu nariz. Olhei pra fora.

Faixas de céu azul apareciam entre as nuvens. Tinha parado de chover.

Um instante depois, os chutes cessaram. Mas não por muito tempo.

Ouvi uma cavalgada pelas escadas e...

BUM BUM BUM BUM!

Futebol, mas desta vez do lado de fora, no gramado.

Respirei bem fundo pra recuperar a concentração.

Depois, voltei pro ensaio. Funcionou maravilhosamente bem, o que prova que o meu talento de cantora é mais forte do que as chateações.

MAS lá pela quinta estrofe, um BUM foi seguido de um forte CRAAAASHHH com barulhos de vidro quebrado.

Abri a janela. Gritos cortaram o ar:

— ESSA BARULHEIRA NÃO ACABA NUNCA?!

— *UNCA-UNCA--UNCA!* — fez o eco.

Meia-noite em ponto

O Vi e o JM ENTRARAM EM CASA CORRENDO, E TRÊS segundos depois, no meu quarto. Eles estavam apavorados, sem dúvida. Nunca pareceram tão pálidos e nervosos. Conheço aqueles dois como a palma da minha mão.

— Cê... você... cê ouviu? — o Vitor me perguntou.

O QUE eu ganharia se respondesse que SIM? NADA. Então, fiz cara de surpresa:

— Ouvi o QUÊ?

O meu irmão mais velho ficou mais pálido ainda (iúpi!).

— Para! Você tem que ter ouvido aqui da sua janela! Você viu alguém?

Dei risada:

— Haha... vocês estão fazendo uma brincadeira comigo!

O Max me deu um tapa no braço.

— Fala a verdade! Se estiver mentindo você vai pro inferno!

— Ah, parem com isso! Primeiro, vocês não são os diretores do inferno! Além do mais, os dois irão pra lá antes de mim! E se continuarem a me irritar eu... eu chamo... a POLÍCIA!

O JM passou de pálido pra amarelado. O Vi ficou esverdeado.

— Por piedade, não faz isso!

— Se alguém tocar a campainha você não atende, tá?

— A gente te dá o que você quiser em troca! O que você quer? Grana?

— O meu estoque de pirulitos explosivo? Os meus chicletes? A minha música?

Olhei pra eles de cima, como se fosse maior que os dois juntos.

— O que eu quero? Nada muito complicado: EU QUERO PAZ!

Não ouvi mais falar dos meus pavorosos irmãos durante todo o dia.

Decorei *SAPATOS DE FESTA* nos mínimos detalhes (= perfeitamente decorada, mais uma expressão da vovó). Os passarinhos cantavam comigo pela minha janela entreaberta. Era encantador (de verdade, nada a ver com os bulbos da exposição). Por alguns instantes, me imaginei interpretando a minha música pro Pedro; ele ficava tão encantado que propunha me acompanhar com o violino durante um recital único e exclusivo pra nós dois...

Antes de o papai e a mamãe chegarem, o Vitor e o José-Máximo:

- ❦ Passaram o aspirador em toda a parte térrea da casa.
- ❦ Puseram a mesa do jantar.

❧ Enrolaram os guardanapos dentro dos copos, como nos restaurantes. Estava pavoroso, mas talvez deixasse a mamãe feliz.

❧ Separaram e arrumaram no mesmo sentido todas as facas, colheres e garfos que havia.

Depois do jantar, eles insistiram em apresentar a lição em forma de chamada oral.

Pra mim, ficou claro: se eles se esforçavam tanto era porque estavam morrendo de medo de que a (ou as) vítima(s) do CRAAAAASH deles viesse(m) reclamar.

Mas nada aconteceu... até a noite.

Eu dormia tranquilamente quando um violento MIAUUUUUUU me acordou de repente. Um gato no meu quarto? Não costumo ser medrosa, mas tenho pavor de gato. Não sei explicar, mas é assim. O meu despertador marcava 00h00. Meia-noite em ponto!

Escutei na minha cabeça: "Hora do criiiime", como se uma Angelina que eu não tinha a menor vontade de ouvir falasse comigo sem que eu pudesse impedir.

Acendi a luz. O gato não estava no meu quarto, mas do lado de fora, em cima do telhado, colado na minha janela. Ele era preto e brilhante como um besouro, e me olhava quase sem se mexer. A lua desenhava uma espécie de auréola na cabeça dele. Os olhos amarelos brilhavam. Não tive coragem de me levantar. Mas continuar presa sob o olhar desse bichano não era melhor; na verdade era pior. Contei até três, tomei coragem e caminhei para a janela. O gato pulou sobre a calha e depois sumiu no meio da escuridão soltando uns assopros furiosos.

Foi então que... é inacreditável, mas aconteceu: no final do enorme jardim que tem depois do nosso pequeno (jardim), vi uma luz no último andar da Casa Ran Zinza, uma casa alta e cheia de telhados pontudos onde nunca tem ninguém!

A verdadeira bruxaria

TENTEI FECHAR A JANELA E A CORTINA SEM FAZER barulho (não costumo fechar sempre, tenho preguiça), mas não consegui mais dormir.

Não sou medrosa, como já disse, mas aquela casa grande na vizinhança, deserta e esquisita, me dá calafrios. Mais do que os gatos, quando penso nisso (e naquela noite eu não parava de pensar).

E com razão, já que ouvimos muitas coisas sobre ela (falo da CRZ, Casa Ran Zinza). Julguem vocês:

LISTA DE COISAS QUE OUVI SOBRE A CRZ:

❀ A mulher que morava lá desapareceu.

❀ Tem gente que diz que ela tá viva, mas tem gente que diz que tá morta.

❀ Tem gente que diz que ela foi embora, mas ninguém sabe pra onde.

❀ Tem gente que diz que ela vai voltar, mas não se sabe quando.

❀ Tem gente que diz que o marido dela morreu e que, por isso, a CRZ talvez seja mal-assombrada.

❀ O Alex (dono da mercearia na rua Ventania) diz que não é verdade, porque a mulher é a senhorita Ran Zinza, e ela nunca teve um marido.

❀ O Vitor diz que ela mostrou a língua pra ele quando ele era bebê.

❀ A vovó diz que é impossível, porque ela nunca foi vista desde o seu nascimento (do nascimento do Vi, é claro).

❀ O papai e a mamãe dizem que na cerca da CRZ crescem frutinhas ENVENENADAS e que não podemos NUNCA tocar nelas.

No dia seguinte, eu não estava na minha melhor forma quando cheguei à escola. O que é lógico. A Catarina, minha melhor amiga, percebeu logo de cara:

— Está se sentindo bem, Angelina? Você tá branca como um floco de neve!

— Branca como uma noite em claro, na verdade: não preguei os olhos!

Conforme eu contava a história, ela prestava cada vez mais atenção. No final, os olhos dela brilhavam quase tanto quanto os do gato preto.

— Talvez essa tal Ran Zinza seja uma bruxa! Pode ser que ela tenha sempre estado ali, escondida, espionando vocês!

De repente comecei a imaginar tudo o que a vizinha poderia ter visto e ouvido na nossa casa por dias, meses, anos… Isso me deixou zonza.

— Ei, vai com calma! — eu disse pra acalmar a minha amiga (e me acalmar também, confesso). — Só porque você tem uma fantasia de bruxa não precisa ver bruxaria por todos os lados!

Ela ergueu os ombros.

— Olha, eu não tenho SÓ uma fantasia! Também tenho um LIVRO! Sei um monte de coisa. Por exemplo: os bruxos e as bruxas saem à noite pra cultivar ervas na lua cheia. E ONTEM foi lua cheia, rá!

— Como você sabe?

— Eu sei, pronto! E sei também que os bruxos e as bruxas têm um monte de animais... corujas, sapos, corvos, morcegos, e o pior de tudo: gatos PRETOS que dão muito AZAR!

— Não é verdade! — gritei como se tentasse mandar as palavras dela pra longe.

A Catarina segurou as minhas mãos, fazendo uma cara séria.

— Angelina, raciocine: por que eu falaria isso se não fosse verdade? Você é minha AMIGA. Eu te amo. Amo a sua família. Quero ajudar vocês, só isso...

— AJUDAR? Mas COMO?!

— Amanhã é quarta, certo?

— Ué, sim. Se hoje é terça!

Ela sugeriu ir à minha casa antes da aula de dança, com o material que tem sobre bruxaria, pra que fôssemos juntas explorar a Casa Ran Zinza e descobrir tudo.

Mas a única coisa que descobri com essa proposta é que eu estava muito APAVORADA. Respondi que ia pensar.

A Catarina ergueu as sobrancelhas.

— Você devia me dizer OBRIGADA, isso sim!

Odeio quando ela faz essa cara de superior, mas agradeci mesmo assim. Não custa nada, e eu não tinha tempo pra discutir porque o sinal tinha tocado, a gente precisava entrar na fila pra subir pra sala, e a professora Paola estava com cara de poucos amigos.

Não pensei muito, porque acabei dormindo.

A voz da professora Paola me acordou no susto:

— An-ge-li-na! Estou sonhando ou você está roncando?

Eu já me preparava pra receber uma bronca quando a Catarina levantou a mão.

— Normal, professora, não precisa brigar com ela. A Angelina teve um problema e não dormiu a noite toda!

- Aí a professora Paola me mandou pra enfermaria e eu dormi até a hora da saída.
- Aí me senti bem melhor.
- Aí entendi que tinha sorte de ter uma AMIGA como a Catarina, que conseguiu impedir que a professora Paola me desse uma bronca.
- Aí eu disse SIM pra ela vir em casa na quarta.

Que quarta-feira!

A Catarina chegou em casa quinze pras duas puxando uma mala de rodinhas violeta que era grande como um bebê elefante. Os meus irmãos ainda não tinham ido pro futebol. Que pena! Quando eles ficam na frente da Catarina (linda igual a trinta e seis corações, é importante dizer pra quem não a conhece), não conseguem evitar de bancar os idiotas, e isso os torna mais chatos do que nunca.

— Oi, Catarina, que surpresa boa! — o Vitor cumprimentou assim que ela cruzou o portão ("surpresa boa" depende de pra quem).

— O que tem nessa mala? — o Max emendou.

Só tive tempo de fazer um discreto sinal de PSIU! pra Catarina, torcendo pra ela entender a mensagem: BICO CALADO sobre a nossa expedição CRZ.

— A curiosidade é um péssimo defeito. Não se mexe nas coisas das meninas, menos ainda nas malas delas! — ela respondeu.

A minha amiga é muito esperta, hihi! Eu tava ansiosa pra que os meus irmãos saíssem logo. Repeti pelo menos seis vezes que o tempo estava correndo, correndo, correndo e que iriam se atrasar. Eles acabaram deixando o caminho livre. Ufa!

CONTEÚDO DA MALA DA CATARINA:

★ Fantasia completa de bruxa: vestido de lantejoulas pretas, colete mágico, chapéu eletrizante, vassoura musical + gel de pentear Especial Teia de Aranha + livro: *1001 SEGREDOS DE BRUXARIA*.

✱ Coruja de plástico marrom imitando mármore, com os olhos vermelhos tipo *laser*.

✱ Detector de tesouros (do pai dela).

✱ Lanterna potente (do pai dela).

✱ Travas de sapato (do pai dela), "pra se precisar escalar", ela disse.

Ao admirar a fantasia maravilhosa, bem passada, pronta pra vestir, fiquei com uma vontade louca de experimentar. Perguntei pra Catarina se podia. Ela respondeu que era melhor começar pela expedição.

— A gente tem bastante tempo, os meus irmãos só voltam às cinco horas! — insisti.

— É, mas eu tenho aula de dança às quatro, e é longe!

— Só dois minutinhos! — supliquei.

— Tá bom, vou fazer um penteado em você.

A gente tava no meio do penteado (esse gel Teia de Aranha é incrível, entre parênteses) quando o portão bateu. Dei uma olhada do lado de fora. CA-TÁSTROFE: os meus irmãos! E com o Gregório Dias, o valentão do quarto ano + um outro menino que carregava uma bola embaixo do braço. Guardamos depressa o material dentro da mala. Quando descemos, os quatro já estavam jogando futebol no jardim.

— Mas o que aconteceu?! — gritei.

O Vitor começou a rir.

— Eeeei! O que você fez no cabelo? Tá ridículo!

— POR QUE vocês não estão no futebol? — repeti mais alto.

— Se te perguntarem, responda que não sabe! — O JM riu.

— O nosso treinador tá com dor de estômago, então a gente veio jogar aqui, se não atrapalhar vocês — o outro menino, que se chama Oscar (descobri depois), explicou gentilmente.

Olhei bem pros meus irmãos.

— Vitor! José-Máximo! DOMINGO não foi o suficiente?

A Catarina deu aquele seu sorriso de boneca.

— Deixa os garotos jogarem! Eu adoro futebol. Você disse que a gente não tinha pressa...

Detesto quando ela se faz de amiguinha na frente dos meus irmãos. Principalmente porque não é a primeira vez.

— Você é uma menina incrível, Catarina. — O JM sorriu bem largo.

— Bem diferente da Angelina! — o Vi completou.

O Gregório também aproveitou, mas foi pra roubar a bola e chutar com todas as forças enquanto gritava:

— Ataque surpresa do ala-direito dentro da área!

A bola saiu voando entre as árvores como se fosse uma bomba teleguiada... e mais nada.

— Merda! — o Vi deixou escapar.

— O que a gente faz? — o JM murmurou entre os dentes.

O Oscar enlaçou o braço no pescoço do Gregório.

— Bom, a gente vai buscar a minha bola! Vocês vêm junto, irmãos Purpurina?

Os irmãos Purpurina ficaram plantados como se as travas das chuteiras deles fossem de cimento!

— Algum problema, meninos? — o Oscar insistiu.

Os meus irmãos não tiveram coragem de amarelar, e foram com eles.

A Catarina e eu rimos bastante primeiro. Depois de meia hora, começamos a nos preocupar. Depois de uma hora, mais ainda. Principalmente a Catarina, porque ela tinha que ir embora.

Quando fiquei sozinha, me senti esquisita. Aquele silêncio... não era normal. A blusa do Vi estava caída no chão. Pensei de novo no gato preto. Ele dava um azar ENORME? Como... O QUE por exemplo? Talvez eu devesse ir olhar pros lados da CRZ...

Cruzei o portão, então o jardim enorme, com um lenço colado no nariz (por causa das frutinhas envenenadas). A cada passo eu temia o ataque de algum bicho. Mas não aconteceu. Cheguei sã e salva à frente da varanda. Esperei... depois toquei a campainha bem de leve. Uma senhora vestida de preto e com os cabelos brancos e enrolados veio abrir.

— Você quer ver os meninos?

— Err… sim, um pouco…

— Como assim "um pouco"? Quer ou não?

— Senhorita Ran Zinza, né?

— Exato.

Entrei. A porta se fechou fazendo um barulho de portão de castelo. Pensei numa armadilha, num porão, num calabouço, num triturador…

Atravessamos corredores, portas, corredores… pra chegar a um lugar todo de vidro e forrado de vegetação. Tinha cheiro de flores e era quente. Os quatro estavam de quatro, armados com tesouras de poda e enxadas…

— QUEM DESTRÓI O MEU JARDIM TRABALHA PRA MIM! Já passei da idade de deixar os outros me prejudicarem e ficar por isso mesmo! — a senhorita Ran Zinza afirmou com um grande sorriso.

Os meus irmãos levantaram o rosto. Eu olhei pros meus pés. Não sabia o que dizer. Então, me ofereci pra ajudar.

Terminamos à noite. A vizinha falou quase o tempo todo. Ela voltara de uma estada de dez anos na África. E talvez voltasse a morar na CRZ. Os seus antepassados cultivavam amoras e morangos naquele jardim. Ela gostaria de retomar essa atividade, mas não tinha certeza. Estava fazendo um teste.

— Quanto tempo de teste? — o JM perguntou (aposto que pensando no futebol).

— Você é da polícia? — ela brincou.

PAF na cara do Max!

Quando terminamos, ela pegou duas bolas de um armário.

— QUEM QUER SER HABILIDOSO TAMBÉM PRECISA SER CUIDADOSO!

Os meus irmãos juraram que seriam. Obrigados, é claro.

— Que bruxa! — o Vi xingou quando atravessamos o portão de volta.

Eu disse que não achava. E pior é que falava sério...

Sobre a autora e o ilustrador

FANNY JOLY MORA EM PARIS, PERTO DA TORRE EIFFEL, com seu marido arquiteto e três filhos. Ela publicou mais de 200 livros juvenis pelas editoras Bayard, Casterman, Hachette, Gallimard Jeunesse, Lito, Mango, Nathan, Flammarion, Pocket, Retz, Sarbacane, Thierry Magnier... Seus livros são frequentemente traduzidos e já ganharam muitos prêmios. Duas séries juvenis (*Hôtel Bordemer* e *Bravo, Gudule!*) foram adaptadas para desenho animado. Ela também é romancista, novelista, escritora de peças de teatro, roteirista de cinema e de televisão. Sob tortura, ela um dia confessou que *Angelina Purpurina*, o livro que você tem nas mãos, é, sem dúvida, o mais autobiográfico de seus textos...Você pode consultar o site dela em: www.fannyjoly.com

RONAN BADEL NASCEU NO DIA **17** DE JANEIRO DE **1972** em Auray, na Bretanha. Formado em artes visuais em Estrasburgo, ele trabalha como autor e ilustrador de livros infantojuvenis. Seu primeiro livro foi publicado pelas edições Seuil Jeunesse, em 1998. Depois de muitos anos em Paris, onde dá aulas de ilustração em uma escola de artes, Badel voltou a morar na Bretanha para se dedicar à criação de livros infantis. Em 2006, publicou *Petit Sapiens*, seu primeiro livro de histórias em quadrinhos, com texto e ilustrações próprios.

ESTA OBRA FOI IMPRESSA
EM MAIO DE 2023